두근두근
기슴떨리는

2023 겨울
가을.

고유한 형태

이 소설은 정원 작가의 만화 《뒤늦은 답장》(창비, 2022), 소설집 《고스트 듀엣》(한겨레출판, 2023)과 하나의 우주를 공유하고 있다. 그 우주에 당신은 늘 등장한다.

고유한 형태

김현

위즈덤하우스

방학에 형태가 온다는 소식을 들었다.

나랑 형태는 한동네에 살며 같은
초등학교, 중학교에 다녔다. 4학년 때부터
5년 동안 줄곧 같은 반이었는데 아무리
소읍이라 해도 남다른 일이었다. 그
인연으로 엄마와 미희 씨는 서로를 자기야,
언니, 라고 부르며 학교 일은 물론 집안의
대소사까지도 살뜰히 챙겼다. 미희 씨가
시댁 어르신의 부탁이 있어서 필요도 없는
보험에 가입해야 할 처지라며 곤란해하자

먹고살기도 바쁜데, 어렵고 불편해도 눈 한번 질끈 감으면 십수 년이 편해지는 거라며 미희 씨를 적극적으로 말린 게 엄마였고, 새벽부터 새벽까지 이어지는 층간소음으로 골머리를 앓는 엄마를 대신해 '더불어 사는 의미'라는 제목의 긴 호소문을 임대 아파트 입구에 붙여놓은 게 미희 씨였다. 그뿐만이 아니다. 우리 외할머니가 다소 심각한 인지증 증상을 보이자 미희 씨는 발품을 들여 여러 요양 병원에 다닌 끝에 맞춤한 곳을 소개해줬고, 엄마는 미희 씨가 오랫동안 별거 중이던—사실상 남편의 가출 상태였다—남편과 이혼을 결심하도록, 실행에 옮기도록 매일 든든한 말벗이 되어주었다.

　　그리고 두 사람은 외할머니가 급성폐렴으로 갑자기 세상을 떠나면서 한층 더 각별한 사이가 됐다. 법정전염병이 기승을 부려 사람이 사람을 곁에 두는 일이 위험해진 그때, 장례도 치르지 못하고 외할머니를 떠나보낸 엄마가 속병으로 앓아눕자 미희 씨는 미음까지 쒀가며 엄마를 돌봤다. 엄마는 미희 씨의 극진한 돌봄 덕분에 몸과 마음을 점차로 추슬렀다. 나도 마찬가지였다. 나는 미희 씨가 푸지게 끓여놓은 쇠고기미역국에 즉석 밥을 말아 먹으면서 처음으로 더불어 산다는 것에 관하여 생각했다. 밥상 앞에 혼자 앉아 있어도 외롭지 않았다.

엄마는 기력이 돌아오자 제일 먼저 미희 씨를 찾아갔다. 내가 아니라 우리 정순복 여사님이 주시는 거니까 부담 갖지 말고 받아. 흰 봉투를 건넸다. 미희 씨는 받기를 한사코 사양했다. 한동안 봉투가 이 손에서 저 손으로 넘어갔다 넘어오길 거듭했고, 너도 미희 아줌마한테 고맙다고 인사드려야지.
꾸벅 허리를 숙여 인사하던 내가 갑작스레
울음을 터뜨린 덕분에 엄마와 미희 씨는 더
옥신각신하지 않고, 우리 셋은 버섯탕수육과
간짜장을 시켜 맛있게 먹었다.

　　엄마의 봉투 때문에 불쾌한 소동이
벌어진 건 그로부터 얼마 지나지 않아서였다.
다른 건 몰라도 돈 냄새는 귀신같이 맡는다는
미희 씨의 남편이 그 몇백을 챙겨볼 심산으로
미희 씨를 찾아와 몇 날 며칠 행패를 부린
것이었다. 엄마와 미희 씨는 큰 키에 비쩍
마르고 낯빛이 누르뎅뎅한 '돈 귀신'을 다시
집 밖으로 내쫓아 보내기 위해 안간힘을
썼고, 차례로 얻어맞았다. 그러나 불행
중 다행이라고 그 일로 미희 씨는 남편과
갈라서는 데 성공했다. 미희 씨의 남편으로선
이혼에 합의하는 대신 별다른 처벌도 받지

않고, 정순복 여사의 돈에 다만 얼마간의
돈을 더 챙겼으니 아쉬울 게 없었다.
미희 씨는 남편이 입던 옷가지와 쓰던
물건을 모아 재활용 물품이 아닌 폐기물로
내버렸고(나한테 재수 없는 건 남한테도 재수
없는 거야), 적지 않은 돈을 들여 살던 집
벽지와 장판, 조명과 가구를 새것으로 바꿨다.
현관문 위에 악귀를 쫓는 부적도 떡하니
붙였다. 엄마가 용하다는 무당에게 받아온
것이었다.

　나는 그즈음부터 미희 씨를 아줌마가
아니라 작은엄마라 부르며 따랐다. 그렇게
남편과 사별하고 혼자 아이를 키우는
엄마와 남편과 이혼하고 홀로 아이를 키우는
작은엄마는 비가 오나 눈이 오나 서로를
살피고 아껴주며 지냈고, 검은 머리가
파뿌리가 되기 전에 아담한 반찬 가게를

공동으로 꾸리는 사업자들이 되었다.

복희네.

엄마 이름 혜복의 복 자와 작은엄마 미희의 희 자를 딴 상호였다. 강원도 산골 출신으로 장과 면을 다루는 데 일가견이 있던 엄마의 투박한 손맛과 전라도 출신으로 육수를 내고 고명을 얹는 솜씨가 좋던 미희 씨의 깔끔한 손맛이 만난 〈복희네〉는 오래되지 않아 건강에도 좋고 맛도 좋은 '시골밥상' 집으로 소문났고, 단골은 물론 멀리서 부러 찾아오는 손님도 제법 많아졌다. 그래서 둘이 전생에 원수지간이었나 보다, 죽이 저렇게 맞아서 장사까지 잘되는 걸 보면. 주위 어른들의 말씀을 건너 듣고 또 들은 건 나였고, 원수가 아니라 부부였겠지, 굳이 생각한 것 역시 나였다. 형태는 우리 엄마를 큰엄마, 나는 미희 씨를 작은엄마라고 부르니까……. 두 사람이 한집에 살며 마음을 주고받는 모습을 상상하면 너무 자연스러워서 빙긋이 미소가 지어졌다.

그러나 엄마들과 다르게 형태와 나는 가까워지지 못했다. 아니 차츰 멀어졌다는 게 더 맞겠다. 4학년 때는 뽑기를 하거나 분식집에도 가고, 5학년 때까진 그래도 같은 무리에 섞여 공을 차고 피시방에서 게임도 한 것 같은데, 6학년이 되면서는 오가다 인사만 하는 사이가 됐다. 형태는 남자애들이랑만 놀았고, 나는 주로 여자애들이랑 어울렸다. 그때부터도 나는 내가 게이라는 걸 알았고(별로 혼란스럽지도 않았다), 커밍아웃을 기준으로 (내 고백을 들은 대부분과) 절친이 되거나 (한 교회 오빠를 동시에 좋아했던 애랑은) 절교했다. 내 기준에서는 공공연하게 티를 낸다고 냈는데 엄마는 무지했고, 선생님은 바빴고, 애들은 무관심하거나 놀리거나(그러면 "꺼져 새끼야" 그랬다) 금세 까먹었다. 형태는 무관심하지도, 놀리지도, 까먹지도 않았다. 내색하지 않았달까, 알고도 모르는 체했달까. 내가 느끼기엔 형태 나름대로 나를 위해준 것도 같은데…… 아무튼 우리는 같은 반이면서도 데면데면 지내다가 특별한 사건도 없이—아마도 사춘기를 통과하며—아는 척하기도 그렇고 모르는 척하기도 애매한 어색한 사이로 초등학교를 졸업하고, 남중에 입학하고, 어영부영 질풍노도의 청소년기를 맞이했다.

형태는 중학생이 되자 하루가 다르게 성장했다. 키도 키지만 덩치가 순식간에 커져서 씨름을 시작했다. 씨름이라니, 예스럽게. 콧방귀를 뀌던 나는 키도,

몸무게도 크게 늘지 않은 채 고만고만하게 살았다. 하지만 마음은 180도로 변해서 남의 시선 따위는 신경 쓰지 않던 게이로 사는 걸 그만뒀다. 그렇다고 벽장에 꼭꼭 숨은 게이가 된 건 아니고 종종 오르내리는 다락방 게이 정도가 됐다. 조심스레 여러 남자를 짝사랑하며 상상 연애를 이어갔다. 평균적으로 교제 기간이 길진 않았다. 나는 세 번쯤 만났으면 키스 정도는 해야지, 하며 진도를 확 빼는 스타일인데 상대방들은 대체로 그걸 부담스러워했다. 그럴 수 있지, 뭐 그럴 수 있지만, 그래도 중학생씩이나 됐으면 좀⋯⋯. 나는 나에게 갑갑함을 느꼈다. 하지만 나름 냉철하게 감정을 통제하며 상대를 쿨하게 보내줬다. 세상에 남자는 많고 지나간 연애에 연연하는 건 페미니스트에 어울리지 않으니까. 그러면서 내가 나에게

이별 선물을 챙겨줬다. 자잘한 문구류나 간식, 어느 때는 큰맘을 먹고 모아둔 용돈을 털어 나이키 운동화를 사기도 했다. 무엇보다 자주 선물한 건 책이었다. 나와 같은 사람들이, 나와 같은 이유로 조용히 눈물 흘리고 또 조용히 웃는.

혼자 하는 사랑도 나쁘지 않았다.

그러다가 한 사람을 만났다. 같은 학교에 다니는 J 형이었다. 형태와 같은 씨름부였다. 엄마들을 따라 학저수지에 낚시하러 갔다가 눈 맞았다.

낚시는 엄마들의 유일한 취미였다. 둘은 주로 밤낚시를 다녔는데, 한번 가면 시간 가는 줄 모르고 있다 왔고 어느 땐 밤새우고 돌아오기도 했다. 뭐가 그렇게 재밌을까. 호기심이 일어서 그날은 나도 엄마들을 쫄래쫄래 따라갔다. 맑고 따뜻한 밤이어서 가는 내내 절로 콧노래가 흘러나왔다.

하지만 역시 낚시는 나와 맞지 않았다.

낚싯대를 던지고 앉아서 입질이 올 때까지
가만히 있노라면 평온이 찾아온다고, 그걸
느껴보라고 하기에 느껴보려 했지만, 그냥
잠만 왔다. 좀이 쑤셨다. 낚싯대를 던져놓은
채로 랜턴을 켜고 주위를 돌아다니며 노래를
흥얼거리는 게 더 좋았다. 엄마들은 내가
그럴 줄 알았다는 듯이 굴면서도 여느 때처럼
낚싯대를 쉬이 접지 않았고, 저수지의 밤이
깊어지자 마침내 J 형이 나타났다.

컴컴했는데도 형만 보였다. 빛이 났다.
나도 모르게 랜턴으로 형을 비췄다. 확신의
선수상이네. 나는 화장실을 여러 번 오가며
힐끔힐끔 형이 속한 무리를 쳐다봤다. 다른
형들은 내 행동을 눈치채지 못했는데, J 형만
나를 따라 화장실로 들어왔다. 내 옆에 서서

소변을 보며 했던 첫마디가, 혼자 왔어?

(다짜고짜 반말이네, 재수 없네, 츤데렌가) 아니요,

가족들이랑. 우리 학교지? (그럴 수밖에

없지, 읍내에 남중이 하나 있는데) 네. 1학년?

아니요, 2학년. 작네. 형은 크네요. 형이 먼저

웃었다. 내가 아니라 형이 먼저! 이가 희고

가지런했다. 손가락으로 살짝 누른 듯이 볼에

패는 보조개가 예뻤다. 얼굴에 열이 돌았다.

들키고 싶지 않아서 재빨리 나오려는데,

형들이랑 놀래? 형이 물었다! 나는 형을 낚아

올렸다. 그렇게 엄마와 미희 씨가 물고기를

낚으며 마음의 고요를 얻는 동안 나는 J 형

옆에 앉아서 마음의 요동을 느꼈다.

오늘부터 하루라는 말로 연애의 시작을

확인하지도, 확인받지도 않았지만, 아니

연애라는 말을 입 밖으로 꺼내지도, 귀로

들어보지도 못했지만, J 형을 떠올리면

자연스레 쓰고 싶은 게 생겼다. 밤마다 일기를 쓰기 시작했다. 노트에 손으로 썼다. 왜 그런지 모르겠는데 그래야만 할 것 같았다. 언제든 접속해서 볼 수 있는 이야기가 아니라 책상 서랍에 넣어두고 한 번씩 꺼내 보는 이야기면 좋을 것 같아서였다. 세 번째 서랍 구석에 숨겨놓은 일기장을 떠올리면 컵라면과 삼각김밥으로 끼니를 대충 때워도 든든했다. 하지만 그런 포만감이 묘한 결핍감으로 변한 건 순식간이었다. J 형이 매번 토씨 하나 틀리지 않고 보내오는 단문의 대답들이 언제부터인가 돌멩이처럼 씹혔다. 이쯤 되면 진도를 확 빼야 하는 게 아닐까 싶은 나와 달리 J 형은 벽장 속 벽장 게이여서 이게 진짜 사귀는 게 맞나 하는 마음이 들 때나 한 번씩 나와 만났다. 만나서도 진도를 나가기는커녕 매번 복습의 복습을 거듭했고,

그마저도 차츰 줄어서 결국에는 끝내자는
말도 없이, 끝났다는 말도 없이 관계는
흐지부지해졌다. 지금 와 생각해보면 왜 그때
물어보지 못했을까 하는 아쉬움이 남는다.
오늘부터 하루인지, 우리가 사귀는 사이인지,
이렇게 끝나는 건지 아니 이렇게 끝내도 형은
괜찮은지. 그리고 말했더라면 좋았을 것이다.

　　저는 괜찮지 않아요.

　　짧았지만 J 형과 교제하면서 첫
경험을 많이 했다. (이성애자들이 다 하는
거 같아서) J 형 교실 책상 서랍에 몰래
바나나우유를 넣어놓았고, 형네 집에 놀러
가서 노을 지는 논둑길을 같이 걸었고,
형보다 먼저 형이 내리는 버스 정류장에
가서 기다려봤고(결국엔 모르는 사이처럼
지나쳤지만), 편지를 썼다. 나는 처음부터 형이
마음에 들었어요, 라는 말로 시작해 나는

끝까지 형을 마음에 들어할 거예요, 라는 말로 끝이 나는 연애편지였다.

형은 그 편지를 지금도 간직하고 있을까?

J 형 때문에 난생처음 씨름 경기를 관람하기도 했다. 팬티만 입고 서서 엎치락뒤치락하는 몸 좋은 남자들을 보면서 처음에는 이걸 왜 이제야 봤나 싶었는데, 선수로 나온 J 형이 진지한 얼굴로 땀을 뻘뻘 흘려가며 애쓰는 걸 보니 마음이 뭉클해져서 목청껏 응원하게 됐다.

그날, 형태도 봤다. 형태를 보자마자 입을 다물었다. 지켜봤다. 내가 본 적 없는 형태구나. 신기했다. 형태에게서 눈을 떼지 않았다. 안다리를 걸어 상대를 모래판에 꼬꾸라뜨리려던 형태가 되치기를 당해 모래판에 넘어질 때는 나도 모르게 주먹을 불끈 쥐었다. 손에 땀이 났다. 두 번째 판에선 형태가 상대를 배 높이까지 들어 올렸다 몸을 살짝 돌리면서 넘어뜨렸다. 나는 속으로 만세를 외쳤다. 그리고 세 번째 판에서 보았다. 상대의 업어던지기에 당해 모래판에 나뒹굴어지면서도 웃던 형태의 얼굴을. 형태는 기뻐 보였다. 집으로 돌아오는 내내 그 웃음의 의미를 생각했다. 경기에서 질 때마다 얼굴이 붉으락푸르락 변하던 J 형과는 달랐던 그 얼굴을. 형태와 눈이 마주친 것 같았다. 형태가 나를 보면서 웃고 있었다……. 멀리 떨어져서도 알 수 있었다.

J 형과 그렇게 끝이 났지만, 형에게 특별한 악감정 같은 건 없지만, 형 덕분에 해볼 수 있던 것들이 지금까지도 고맙지만, 형이 나랑 끝나자마자 다른 여자애를 사귄 건 아무래도 용서가 되지 않았다. 그래서 형의 체육복을 훔치곤 돌려주지 않았다. 훔쳤다고 하고

싶지도 않다. 형도 내가 가져갔다는 걸 분명히 알았을 테니까. 그런데도 돌려달란 소릴 하지 않았으니까. 나는 이별을 맞이할 때면 언제나 내가 나에게 선물을 주곤 했으니까. 형의 체육복도 그런 셈 치자고 생각했다, 생각하려 노력했다. 그러면 눈물이 덜 났다. 웃음이 더 나진 않았다.

한동안은 웃을 일인데도 웃지 않고, 울 일이 아닌데도 울면서 마음의 다락방을 오르락내리락했다. 나름으로 이별 후유증을 앓고 있구나 싶어서 나쁘지만은 않았다. 안색이 파리한 비련의 주인공까지는 아니더라도 요즘 살이 좀 빠진 것 같네, 무슨 힘든 일 있어, 라는 소릴 들으면 연애 드라마의 주인공이 된 것처럼 우쭐했다. 그 때문인지는 몰라도 딱 한 번 복수를 꿈꿔봤다.

J 형과 가까운, 눈치 빠른 J 형이라면

단번에 알아챌 만한 사람을 만나자. 그게 형태라면 어떨까? 형태 정도면 '떡대공'으로서 손색이 없지……. 마음먹으니까 그날부터 형태의 일거수일투족이 눈에 띄었다. 예상치 않게 오랫동안 형태를 지켜보게 됐다. 잊고 있던 형태와의 추억이 새록새록 떠올랐다. 〈중앙문방구〉 앞 가챠머신에서 뽑은 캡슐에 돌고래 왕국 초대권이 들어 있어서 한밤 둘이 다녀왔던 일이나 5학년 겨울방학 때 성호네에서 몰래 담배를 피웠던 일, 지현이가 형태에게 주려던 빼빼로를 엉겁결에 나한테 주고 가서 내가 다시 형태에게 건네주었던 일.

잃어버리지 않고 잠시 잊고 있던 일들을 곱씹다 보니 J 형이 더는 보고 싶지 않았다. 이상하게 형태를 피해 다녔다. 그러던 어느 날이었다. J 형과 같이 있던 형태가 야, 하고 나를 불러 세웠다. 오늘 저녁에 집에 오냐? 물었다. 그런 적이 없는데, 굳이 그렇게 하지 않아도 되는데, 그날은 이상하게 그랬다. 그때 J 형의 표정을 보니 뭘 한 것도 없는데 복수가 싱겁게 끝난 것 같았다.

그 후로는 J 형을 생각해도, 형과 마주쳐도 눈물이 나지 않고 웃음이 났다. 형을 보면 피하지 않고 눈인사했고, 형도 눈인사를 건네왔다. 형이 졸업할 때 건네주고 간 책의 면지에는 이름도, 날짜도 없이 '더 커라'라는 세 글자가 적혀 있었다.

여하튼 나와 형태는 학교에선 서로 알아서 잘 사나 보다 하면서도 엄마들 앞에선 누가 먼저랄 것 없이 적당히 친한 척했다. 나는 씨름부 얘기에 형태를 끼워 넣어 조잘거렸고, 형태는 내가 씨름을 보러 왔었다는 얘길, 나한테도 직접 한 적 없는

이야길 하며 내 눈치를 살폈다. 엄마들과
낚시를 가면 형태가 알아서 내 낚싯대 바늘에
지렁이를 끼워줬고(그렇게 쉽게 만지다니!),
형태의 낚싯줄이 움직이는 걸 내가 먼저
발견해서(물었다, 물었어!) 형태의 등을
마구 두드리기도 했다. 엄마들이 오랜만에
밤늦도록 술잔을 기울이는 날엔 한방에
누워 방송국에서 방영하는 영화를 보다가
함께 잠들기도 했다. 형태의 잠든 얼굴을 본
기억이…… 전혀 없는 걸로 봐서는 아마도
내가 형태보다 먼저 잠들었던 것 같다. 형태의
기억 속에는 잠든 내 얼굴이 있는지 물어보지
않았다. 있을까? 뭐, 별로 중요한 일은
아니니까……. 하지만 없는 것보단 있는 게
나을 것 같다. 없다고 생각할 때보다 있다고
생각하니 이렇게 마음이 부풀어 오르는 걸
보면. 그리고 특별히 기억에 남는 하루가

있다.

　겨울이었다.

　엄마들과 함께 즉흥적으로 당일치기
여행을 떠났다. 작은엄마가 반찬 가게에서
어쩔 수 없이—친정아버지가 암 투병을
시작하면서 간병할 사람이 필요해진
것이었다—손을 떼기로 한 직후였다.

　주말 아침 일찍 바람을 쐬고 오자며
작은엄마가 우리 집 앞에 차를 댔고, 엄마는
당황한 기색도 없이 떡이며 수입 과자를
챙겼다. 찬합에 사과와 배를 깎아 담는 와중에
나한테 파인애플 손질까지 시켰다. 아무래도
당분간 같이 놀러 가긴 힘들 테니까. 잠시
헤어져야 하니까. 좋은 걸, 일단 집에 있는 것
중에서 제일 좋은 걸 가지고 가야 한다면서.
가는 길엔 〈복희네〉에 들러 '급한 용무로 인해

오늘 하루 쉽니다'라는 문구를 적은 종이를
문에 붙였다. 이래야 쉬네. 이래야 쉰다니까.
운전석에 앉은 작은엄마와 조수석에 앉은
엄마의 들뜬 얼굴이 지금도 또렷하게
기억난다. 한 일주일 휴가를 내고 쉴 법도
한데, 그게 뭐 그리 어렵다고. 하루를 쉬려고
하면 하루가 아깝고 이틀을 쉬려고 하면
이틀이 아깝고, 엄마와 작은엄마는 휴가는
고사하고 한 달에 한두 번 쉬는 것도 마음에
걸린다고 했다. 그러니까 처음이었다. 불쑥
어딘가를 향해 가는 건.

간식을 나눠 먹으며 세 시간여를
달려 도착한 곳은 동해였다. 고성과 속초
사이에 있는 해변. 나중에 찾아보니 이름이
순행이었다. 순행해변. 그곳에 앉아 바다를
구경하고, 해물칼국숫집에서 점심을 먹고,
근처 카페에서 음료를 나눠 마신 게 다인데

해가 졌다. 해변 이름에 어울리게 어디 하나 막힘 없이 순조롭기만 했던 하루였고 따지고 보면 특별한 것도 없었는데 집으로 돌아오는 차 안에서 엄마들은 오늘 너무 좋았다, 너무 좋았어, 오래 기억날 것 같아, 잊지 말아야지. 연신 대화를 이어갔다. 나랑 형태는 각자의 귀에 이어폰을 꽂고 왼쪽, 오른쪽으로 떨어져 앉아 집으로 오는 내내 창밖만 봤다. 그게 다인데, 그뿐이라고 해도 그만인데, 그게 다가 아니기도 했다.

사실은……

엄마들이 커피를 마시며 담소를 나누는 동안 나와 형태는 다시 해변으로 향했더랬다. 각자 긴 나무 막대기를 주워서 들고 모래사장에 선을 긋거나 하트를 그리면서 걸었는데, 국숫집도, 카페도, 사람도 보이지 않는 어딘가쯤에서 형태가 느닷없이 말을

붙여왔다. 어차피 이사 갈 거니까, 그러면
못 보게 될 수도 있으니까……. 나는 형태의
말을 잠자코 듣기만 했다. 뭐라고 대답해야
할 것 같은데 뭐라고 대답하면 대화가 영영
사라져버릴 것 같아서 끝내 되묻기만 했다.

그래서 어땠는데?

형태의 대답을 듣고도 나는 아무런 말도
하지 못하고 먼저 걸음을 옮겼다. 잠시 후
형태도 내 뒤를 따라 걸어왔다. 우리는 말없이
막대기로 모래 위에 다시 선을 그으며 왔던
방향으로 느릿느릿 움직였다.

시간이 뒤로 흐르는 것처럼 느껴졌다.
운동장 옆 수돗가에서 형태를 처음으로
봤던 날이 스쳐 지나갔다. 멀리서 형태를
바라보다가 빛이 산란해서 눈을 감았다 뜨니
수돗가였다. 형태가 있던 자리에 열쇠가 놓여
있었다. 열쇠는 열쇠고리 대신 빨간 털실을

꼬아 만든 끈에 매달려 있었다. 나는 그
열쇠를 형태에게 돌려주지 않고 간직했다.
그 열쇠라면 어떤 형태의 마음도 열 수 있을
것만 같아서였다. 그리고 그 열쇠는 나도
모르는 사이에—형태도 알 수 없는 사이에—
어딘가로 사라져버렸다. 어쩌면 애초부터
열쇠는 내게 없는, 형태에게도 없는, 나의
상상이 만들어낸 것인지도 모른다.

　　자전거를 타고 형태와 단둘이 강가에
가서 물장구를 치며 놀았던 적도 있었다.
형태가 물속에 수경을 떨어뜨렸다고 해서
내가 물속으로 들어가 자맥질했는데 알고
보니 수경은 형태의 손에 들려 있었다.
친구끼리 할 법한 장난이었을 뿐인데, 내가
화를 크게 냈고 급기야 형태의 수경을 빼앗아
물에 던졌다. 형태는 눈물이 그렁그렁한데도
울음을 꾹 참고 있었다. 그 얼굴을 보자니

미안해져서 다시 수경을 찾기 위해 애썼는데
결국 찾지 못했다. 집으로 오는 동안 말이
없던 형태가 우리 집 앞에서 내일 만나, 하고
인사하며 지나갔는데 그 뒷모습을 한참
보았던 탓에 나는 다음 날부터 형태를 피했다.
아마도 그때부터였던 것 같다. 우리가 멀어진
것이……

형태의 것들을 잃어버리지 않았더라면
어땠을까? 잊어버리지 않았다면 지금의
우리는 달라졌을까?

두 줄로 나란히 그어지던 선이 하나로
이어졌다. 나와 형태는 제자리에 멈춰 서서
막대기를 버리고 서로를 향해 마주 섰다.
가까이 조금 더 가까이. 요란하던 파도가 일순
잠잠해졌고 모래알이 유난히 반짝였다.

비로소 처음이었다.

이후로 형태를 보지 못했다. 그간 엄마는 가끔 작은엄마를 만나러 갔지만, 작은엄마와 형태는 우리를 만나러 한 번도 오지 못했다.

엄마는 작은엄마를 보고 올 때마다 작은엄마 얼굴이 말이 아니더라며 동네 건강원으로 달려가 한 번은 호박즙을, 한 번은 양파즙을, 한 번은 배도라지즙과 흑마늘즙을 동시에 짜 보냈다. 그거 다 먹긴 먹는대? 내가 신소릴 하면 엄마는 내 등을 세게 치면서 가서 침 뱉고 와, 부정 타니까, 하고 말했다. 작은엄마가 너 보고 싶대. 전화라도 한번 해. 나는 엄마의 말을 못 들은 척했다. 전화하고 싶지 않아서가 아니라 괜히 쑥스러웠다. 형태가 네 안부 물어보더라. 너 아직도 잘 때 눈썹 만지면서 자냐고. 걔가 그런 걸 다 알더라. 어떻게 알아, 걔가 그걸. 어떻게 알긴, 너희 둘이 그렇게 형제처럼 지냈는데 다 알지.

그러면 나도 넌지시 되물었다. 걘 아직도
씨름한대? 씨름? 그거 관둔 지가 언젠데.
전학 가자마자 그만뒀잖아. 옮긴 학교엔
씨름부도 없고. 지금은 뭐냐, 어, 영화 찍는대,
영화. 영화? 어. 무슨 고교생 대회에서 상도
탔다던데. (씨름에서 영화로라니. 역시 사람은
도시 물을 먹어야 하는 건가) 용 됐네. 그 틈에
엄마는 너만 개천이야, 정신 차려, 했다. 내가
왜, 뭐, 어때서.

　　나는 학교를 그만뒀다.

　　다락방을 내려와 다시 활보하는 게이가
되기로 했다. 엄마에게 커밍아웃했는데,
놀랍게도 엄마는 기다렸다고 했다. 뭘?
관두기를? 말했다가 등을 세게 맞았다(가서
침 뱉고 와, 부정 타니까). 엄마는 내가 준비될
때까지 자신도 나름으로 준비를 해왔다며
별 모양 펜던트가 달린 얇은 금 목걸이를 내

목에 걸어줬다. 울어도 된다고 했는데 울음이 나오지 않아서 상황과 어울리지 않는 소릴 들었고(그놈의 독한 성격은 누굴 닮은 거니), 엄만 이런 걸 어디서 배웠대? 묻자, 옛날에 엄마가 처음으로 생리를 했는데 외할아버지가 기다렸다면서 반지를 선물로 주셨어. 여자가 된 걸 축하한다면서. 생리와 여자가 무슨 상관인가, 그게 축하받을 일인가 싶었지만 그래도 나름 좋았지. 그게 두고두고, 이날 이때까지도 마음에서 반짝이더라. 너한테도 그걸 주고 싶었어. 반짝이는 걸? 아니 두고두고를.

두고두고.

오랜 시간을 두고 여러 번에 걸쳐서, 라는 뜻을 가진 말.

나와 엄마는 서로를 위한 준비를 두고두고 하게 되겠지. 그제야 눈물이 핑

돌았지만, 애써 참으며 무슨 말이야, 그게.
나는 괜히 고개를 갸우뚱했다. 엄마는 내
볼에 입을 맞추면서 말했다. 크면 다 알게
된다. 그리고 재오야, 학교 그만뒀다고
의기소침해지지 마. 어깨 펴. 어차피 세상이
학교야. 이제는 엄마가 잘 가르쳐줄게. 엄마도
너한테 잘 배울게. 그렇게 나는 〈복희네〉
최연소 직원이 됐다.

엄마는 음식을 만들고 나는 고객 응대와
판매를 주로 맡았다. 둘 다 공과 사는
확실히 하자는 주의여서 서로를 사장님과
매니저님으로 칭했고, 근로 시간과 휴식 시간,
식대와 수당, 복리후생을 논의했고, 노사가
어느 정도 만족할 만한 선에서 합의를 봤다.
단, 엄마는 사장으로서가 아니라 혜복으로서
한 가지 단서를 달았다. 나혜복의 껌딱지가
되지는 말 것. 언제든 떠나고 싶을 땐 떠날

것. 그래서 나는 월급의 일정 부분을 여행 경비로 모으기로 했다. 일단은 스무 살 유럽 배낭여행이 목표였다.

학교 밖에서 땀 흘려 일하고 일한 만큼 돈을 받는 게 좋았다. 제대로 된 대우를 받으며 일하고 있다는 사실에 안도감이 들기도 했다. 현장으로 실습 나간 친구들에게 듣는 얘기는 욕을 섞지 않고는 차마 할 수도, 들을 수도 없는 일들의 연속이었다. 또래 현장 실습생이 목숨을 잃었다는 뉴스를 보면, 저게 나였을 수도, 내 친구였을 수도 있었다는 생각에 가슴이 철렁 내려앉았다.

가끔은 연차를 내고 서울에 마련된 분향소에 들렀다가 맛집을 찾아가기도 했다. 다른 건 다 혼자 잘하면서 유독 혼자 밥 먹는 건 싫어서 SNS로 같이 갈 사람을 구했다. 또래가 좋았고, 마음이 통하면 식당에서 나와 노래방에 가거나 멀티게임장에 갔다. 노래를 부르고 부르다가, 게임을 하고 하다가 안 되면, 발동이 안 풀리면, 키스도 하고 가끔은 오럴까지 할 때도 있었다. 그렇게 해서 생긴 애인은, 물론 없다. 친구는 생겼다. 희철이 그런 애였다.

희철은 나와 다르게 티 내지 않고, 참고 참으며, 착실하게 학교에 다녔다. 공부도 잘해서 연세대에 가는 게 목표였다. 아니, 가는 게 거의 확실하다고 했다. 집에서는 서울대에 갈 성적이 되길 기다리지만 자신이 일부러 그렇게 만들지 않고 있다고까지 했다. 일종의 반항으로, 일부러 부모를 골탕 먹이려는 것이라 했다. 그게 가능해? 물으면 부모고 자식이고 돈이면 다 가능해, 했다. 그렇게 똑 부러지는 성격이어서 캠퍼스에서의 꿈도 단호했다. 걸레가 되겠다고 했다. 이 남자 저 남자 가리지 않고 만나겠다고. 엥?
아무리 그래도 걸레는 아니지. 말이 그렇다는
거지. 아니, 보통 걸레라는 말은 여자를
비하할 때 많이 쓰잖아. 그게 걸린다고.
걸레는 괜찮아.

그럼 걸레 그 자체가 되는 걸로, 하던
희철과 나는 〈을지면옥〉에서 만나 평양냉면을
한 그릇씩 먹고—둘 다 반씩 남겼다—근처
포장마차에서 떡볶이, 튀김, 순대를 1인분씩
먹고, 노래방에서 노래 부르다 말고 딱 한
번 포옹했을 뿐인데, 서로 알아챘다. 우리는
자매구나. 그래서 나와 희철은 만날 때마다
서로를 자매님이라 부르며 은혜를 베풀고
은혜를 갚았다.

내가 베푼 것은 〈복희네〉표 두부강된장,
미나리한치무침, 황태보푸라기, 산채비빔밥
같은 음식이었고, 희철이 갚은 것은 돈이었다.

돈을 준다고? 어. 나보단 네가 더 귀하게 쓸 거 같아서. 여행 경비에 보태. 내가 뜸을 들이다 그럼 같이 가자, 말하면 너가 그 말 하기를 기다렸다, 희철은 말했다. 말했는데……. 이제 더는 그럴 수 없는 사이가 됐다. 왜냐하면, 희철이, 그러니까 희철은,

　　같은 학교 선배랑 터미널 화장실에서 몰래 하다가 걸려서 전환 치료 교회에 감금됐다가 스스로 목숨을 끊었다.

　　희철이 걸레 되는 세상이 지금도 내가 꿈꾸는 세상.

　　희철이 죽기 전 마지막으로 통화한 사람은 물론 내가 아니다. 그 선배였다. 두 사람이 마지막 순간에 무슨 대화를 나누었는지 누구도 알지 못할 테지만 나라면,

내가 만약 희철이라면 아마도 선배에게 이런 말을 전했을 것이다.

계속 살아 있어주세요.

누군가의 삶을 대신해서 살아줄 수도 있을까?

희철을 떠나보내고 나는 희철을 대신해서 살고 싶었다. 우리는 피보다 다정한 포옹을 나눈 자매니까. 나는 희철을 대신해서 희철이 좋아했던 전망대에 가고, 희철이 좋아했던 민트 초코 아이스크림을 먹고, 희철이 좋아했던 가수의 노래만 들었다. 화이트 노이즈라는 밴드인데……. 그리고 나는 희철이 좋아했던 선배를 2주에 한 번씩 만났다.

버스를 타고 두 시간은 가야 만날 수 있는 상민 선배. 선배는 게이라면 누구나 좋아할 법한, 연예인으로 치면…… 지진희의 고등학생 버전쯤 되는 생김새와 무엇보다 동굴 보이스의 소유자였다. 강단이 있어서 그 사건 이후에도, 희철을 먼저 떠나보내고도, 학교에 다니며 멸시당하고, 감시당하고, 차별당하며, 살아 있었다. 그게 희철의 몫까지 살기로 한 건지, 그냥 자기 몫의 삶을 살고자 하는 것인지 물어보진 않았다. 어느 쪽이든 살아간다는 게 중요하니까. 그러나 선배가 위태로워 보이지 않았다면 거짓말이다. 당장 내일 선배가 이 세계에서 사라진다 해도 이상할 게 없었다. 애쓰고 싶었다. 선배를 만나면 많이 웃었고, 선배가 더 자주 웃을 수 있게 최선을 다했다. 이를테면 희철을 대신해서 화이트 노이즈의 노래를 불러줬다. 엉덩이는 삐뚤어졌어도 방귀는 제대로 뀌어라, 뀌어라, 뀌어라, 뀌어라(희철아! 너는 진짜 왜 이런 노래를……).

처음에는 나를 어색해하고 어려워하던 상민 선배도 점차로 마음의 문을 열었다. 선배랑 서울에서 제일 크다는 놀이공원에 놀러 간 적도 있다. 희철과도 종종 왔던 곳인데 희철은 놀이 기구를 타는 것보다 근처 호숫가 벤치에 앉아 야경 보는 걸 더 좋아했다고 그랬다. 그날도 나랑 선배는 놀이 기구를 타는 대신 그 벤치에 앉아서 동화 속 왕국 같은 놀이공원의 야경을 감상했다.

아, 살 것 같다.

상민 선배가 말했고, 그동안 선배는 죽어 있었구나. 걷잡을 수 없는 감정이 밀려와서, 점점 부풀어 오르던 슬픔이 한 방에 터지기라도 한 듯 나는 울음을 터뜨렸다. 희철이 죽었다는 게 마침내 실감 났다. 같이 울던 선배도, 나도 서로에게 자꾸 미안하다고

했지만, 우리 둘 다 서로에게 미안한 게
없다는 걸 알고 있었다. 살아 있다는 걸
미안해하지 말자고 말한 건 선배였고, 나는
눈물을 훔치며 희철을 대신해서 걸레가
되겠다고 했다.

상민 선배를 좋아하게 됐다. 그때부터
희철과 더 자주 대화했다. 희철은 나를 만나러
올 적마다 매번 다른 그림자의 형상이었다.
고양이, 강아지, 사람, 달이었고, 별이었고,
돌이었다. 할 말이 많을 땐 나로 왔다. 나로
와선 나에게 자신의 얘길 들려줬는데 듣다
보면 내가 나한테 하는 말 같았다. 그래도
마지막엔 항상 똑같은 말을 했다.

너에게 선배를 양보한다.

내가 상민 선배의 고백을 받아주는 대신
선배를 꼭 안아줬던 건 그 때문이었다. 희철이
나만 찾아왔을 리는 없을 테니까. 희철이라면

상민 선배에게도 말해주었을 것이다.

선배에게 나를 양보한다고.

언제부턴가 희철은 나를 찾아오지 않았다.
상민 선배를 마지막으로 본 지도 오래되었다.
그게 가슴 아프지 않은 걸 보면 희철도 더
이상 다른 존재의 그림자를 빌려 떠도는
유령이 아니고, 상민 선배를 좋아하지 않고,
상민 선배도 이제 누군가와 신나게 놀이
기구를 타도 괜찮은 사람이 된 것이 틀림없다.

이 모든 일들이 벌어진 계절들은 빠르게
지나갔고, 어느새 형태가 오는 중이었다.

"방학 때 친구랑 여기 와서 뭐 찍어
가기로 했다고 얘기했잖아!"

"(기억하고 있으면서) 내가 그걸 어떻게
기억하고 있어?"

"기억하든 못 하든 오면 오는가 보다

하고 데리러 가면 되지. 왜 입을 내밀어. 남도
아니고."

"아니, 고3이 방학인데 여길 왜 와. 그리고
오면 오는 거지, 걔가 애도 아니고 내가 걜 왜
데리러 가냐고."

"왜는 무슨 왜야. 지 살던 곳인데. 나도
있고, 너도 있고. 추억이 많지. 많을 수밖에
없지. 그때 얼마나 좋았니……."

"많긴 무슨. 그리고 여기서 뭘 찍어 가.
여기 찍을 게 뭐가 있다고. 친구는 또 뭔데?
우리 집에 잘 데가 어딨어!"

"어딨긴. 네 방도 있고, 안방도 있고,
거실도 있잖아."

"거실? 어디가 거실이야? 지금 내가
발 딛고 있는 이 좁디좁은 곳이 거실인가?
그렇게 안방이고 어디고 다 내주면 엄마는
어디서 자게? 엄마는 어디 방이라도 잡게?"

"어. 엄마는 이따 숙희 아줌마 차편으로 작은엄마네 가서 며칠 있다 올 거야."

"뭐라고? 작은엄마네 간다고?"

"어."

"뭐야? 그런 계획이 있었으면서 나한텐 왜 말도 안 했대. 난, 나는 내 의견도 없어?"

"없어. 여기 내 집이야. 내가 주인이고. 아니꼬우면 너도 집을 사든가."

"어, 나도 살 거야. 더 큰 집으로. 엄마한테 비번도 안 알려주고. 내 남자랑 살 거야."

"그래, 살아. 너처럼 지랄맞은 애랑 살아줄 남자가 있을지 모르겠지만."

"에? 침 뱉어, 침 뱉어. 부정 타니까."

깔깔거리며 안방으로 들어가던 엄마가 뒤를 돌아보며 갑자기 정색한 채 말했다.

"여기 있는 동안만이라도 형태 외롭게 하지 마. 알았지? 알았냐고!"

나는 아무 대꾸도 못 하고 채근하는 엄마의 얼굴을 그저 물끄러미 바라봤다. 외로운 형태를 생각하면서. 그런 형태를 엄마는 언제부터 알고 있었던 걸까.

"외롭긴 개뿔. 알았어, 알았다고. 근데, 작은엄마네 무슨 일 있어?"

"일은 무슨. 그냥 엄마랑 작은엄마도 잠깐 방학하려고."

"뭐야, 그 좋은 방학은 나만 없어."

"지난봄에 작은엄마네 아빠 돌아가신 거 알지? 작은엄마 마음이 얼마나 그렇겠어? 그렇지?"

"응, 알았으니까 걱정하지 말고 다녀와."

"그러니까 잔말 말고 터미널로 형태 데리러 가."

"갈게. 가는데, 아니 걔가 여길 못 찾아올 리가……."

"또 그런다, 또. 우리 형태를 너랑 나랑 안 챙기면 누가 챙겨."

"우리 형태? 언제부터 그 형태가 우리 형태야."

말하는 내게 엄마는 5만 원짜리 지폐 두 장을 쥐여주며 집으로 바로 오지 말고 〈들꽃식당〉에 들러 저녁까지 챙겨 먹이고 오랜만에 읍내 구경도 좀 시켜주라고 했다. 그래도 손님이니까. 삼겹살 정식 같은 거 말고 단품 삼겹살을 배불리 먹이라고 당부했다.

전부 헤아릴 순 없어도 조금은 헤아리고 싶은 마음이 있다. 엄마 마음이 그런 것 같아서. 그래서 나는 '우리 형태'를 기다렸다. 한여름에 에어컨도 제대로 돌아가지 않는 시외버스 터미널 대기실에 앉아 있자니 엄마의 말씀은 바로 잊히고, 영수증을 첨부하라는 사장님의 말씀도

없었으니까 〈들꽃식당〉 대신 근처 9,900원
대패삼겹살집에 갔다가 나머지 돈은 내가
챙겨야지, 하는 마음이 절로 들었다. 들었지만,
한편으론 더 좋고 맛있는 걸 대접해야지,
'고유한 형태'를 어서 만나고 싶었다.

형태는 그렇다 치고 고유라니.

다소 뜬금없긴 해도 엉뚱한 마음은
아니었다. 형태의 인스타그램을 남몰래
들여다보고 또 본 결과였다.

웃는 형태.

프로필 소개에 어울리지 않게 형태의
피드에는 웃으며 먹고 노는 사진은 없고 죄다
그림자를 찍은 사진뿐이었다(이럴 거면 우는
형태라고 하지). 게시물 48. 처음 게시물은 작년
10월 30일. 누군가의 긴 그림자를 찍은 사진
아래에는 'PRAY FOR……'라는 해시태그와
고유, 라는 두 글자가 적혀 있었다. 두 손으로

만든 새의 그림자에도, 물병으로 보이는
그림자에도, 붉은 보도블록에 드리운 나무
그림자에도, 고유가 있었다.

어느 사물에만 특별히 있거나 본래부터
지니고 있음이라는 의미의 단어, 고유.

처음에는 뭐지, 싶었다. 모든 그림자는
고유하다는 뜻인가, 모든 그림자에는 고유한
실체가 있다는 건가. 알쏭달쏭한 마음이었다.
그런데 이상하게도 그림자들을 연이어
보고 또 보다 보면 가슴이 저릿저릿했다. 내
그림자를, 주변 사람과 생물, 사물의 그림자를
살펴보게 됐다. 단 한 번도 본 적 없는,
마음이었다. 일기장에 매일 하나씩 그림자를
위한 단어를 적었다.

고유가 사람의 이름일 수도 있겠다고
생각한 건 최근의 게시물 때문이었다. 서핑
보드를 들고 나란히 해변을 걷는 두 서퍼의

그림자 아래 처음으로 고유에게, 라는 문구가
적혀 있었다. 고유는 누구일까. 어떻게
생겼을까. 성격은 어떨까. 형태와는 무슨
사이일까. 형태와 고유. 고유와 형태. 둘은
서로에게 어떤 의미일까? 혹은 의미였을까?
혹시 고유는 그날…….

　　고유의 생몰이 궁금했다. 고유가 잘못됐을
거라는 생각은 감히 하지 않기로 했다. 그런
의미에서 나는 두 사람을 '고유한 형태'로
묶어 불렀다. 두 사람을 한 사람처럼 연결
짓고 나니 어렴풋이 깨닫게 되었다. 형태가
올린 마흔여덟 개의 게시물은 그림자와
빛을 동시에 포착한 것이었다. 한 사람의
기록이면서 두 사람으로서 완성되는
기록이었다. 형태에게는 고유가, 고유에게는
형태가 있었다. 아니 여전히 있다. 새의
그림자로, 물의 그림자로, 나무의 그림자로,

강아지의 그림자로, 무엇보다 사람의
그림자로……

　나는 시간을 확인했다. 올 때가 됐는데,
하고 혼잣말을 하는데 누군가가 내 앞으로 와
섰다.

　"저기……."

　검은 모자에 검은 티셔츠, 검은 반바지,
검은 양말에 검은 운동화, 검정 백팩과 검은색
카메라를 크로스로 멘 키가 큰 사람이었다. 내
기억 속 형태와는 다른 형태였다.

　"형태?"

　"재오 님 맞죠? 바로 알아봤어요. 저는
형태 친구 고유예요."

　"아! 네, 고유, 고유 님이시구나."

　당황한 내 곁으로 고유가 한 발짝 더
가까이 붙어 섰다.

　"근데 형태는?"

"아마 좀 늦게 올걸요. 아시잖아요? 걔가 원래 결정적일 때 꼭 한 박자씩 늦는 거. 그날도 그랬고……."

"네? 저한텐 별다른 연락이 없었는데……. 아, 내 번호를 모르려나……. 저는 아는데……."

"아니요, 번호 알아요, 어머님이 알려주셨다고 했어요."

"형태한테 전화 한번 해볼까요?"

"아니요, 됐어요. 오겠죠. 늦을 수도 있는 거니까."

"그럴 수도…… 있죠."

"저희 먼저 움직일까요?"

"네?"

"찾아오겠죠. 우리가 있는 곳으로."

"네. 그래요, 그럼."

"그리고 우리 어차피 동갑인데 말 편히 할래?"

"어? 네, 그래요. 그래, 그러지 뭐……."

확신의 외향형. 내가 그렇게 생각하는데,

"형태랑 어디 가려고 했어? 거기 가자."

고유가 먼저 터미널을 빠져나갔다.

나는 원래 가려던 곳으로 가다 말고, 읍내 유일은 아니고 읍내에서 유일하게 정통 이태리식 파스타를 판다는 집으로 향했다. 대패삼겹살보다 파스타가 조금 더 근사하니까……. 갑자기 왜 근사한 걸 따지게 되었는지 모르겠지만, 어쨌든 뭔가 지고 싶지 않았다. 근데 또 이긴다는 게 뭔지도 모르겠고. 어쨌든 격식을 차리는 것도 나쁘진 않겠다고 생각하면서 〈보나베띠〉에 가보니 '개인 사정으로 인해 오늘 하루 쉬어갑니다.' 삐뚤빼뚤한 글씨가 적힌 종이가 유리문에 붙어 있었다.

갑자기 그날이 기억났다.

형태도 가끔 그 해변을 생각했을까?

아쉽다, 이 집이 진짜 맛집인데, 하필이면, 하며 우리는 시장 안에 있는 〈들꽃식당〉으로 가서 '삼겹살 정식'이 아니라 단품 삼겹살 3인분에 공깃밥과 된장찌개를 추가해 먹었다. 그사이 서로에 관해 조금씩 알게 되었다기보다는 형태가 기억하는 나에 관해 알게 되었다.

형태의 기억 속에서 나는……

고유의 말대로라면, 나는 마음에 서랍이 많은 사람이었다.

그 말을 듣자마자 웃음이 나왔다. 왜 웃어, 그러면서 고유도 말갛게 웃었다. 그게 형태 스타일이라면서. 형태는 사람을 사람으로 두지 않고 꼭 다른 것으로 기억한다면서—그렇지? 하고 하마터면 웃는 형태 얘기를 꺼낼 뻔했다—고유는 내가 본 사진들에 얽힌 사연을 주절주절 들려줬다.

　　형태에게 초승달 무늬가 있는 돌을
선물로 주었는데 어느 날 그 돌이 감쪽같이
사라져서 둘이 돌이 날아갔다고 믿기로
했다는 얘기, 투명한 유리잔에 물을 담으면
물의 뼈가 보인다는 사진작가 이옥토의 얘길
듣고 형태와 확인해봤다는 얘기, 형태와
자주 가던 카페 〈해변〉에서 내다보이던 나무
이름을 고래로 지었었다는 얘기, 수로에
빠진 강아지를 형태와 함께 구출해서
잠깐 보호했었다는 얘기, 그 강아지에게
크림이라는 이름을 붙여줬고 크림이를 입양한
사람이 만화를 그리는 사람이었다는 얘기,
그가 작은 도토리에 크림이 얼굴을 그려서
두 사람에게 선물로 주었다는 얘기……. 나는
고유한 형태의 이야기를 들으면서 웃는
형태를 다시금 돌아보았다. 머릿속이 아니라

마음속에 걸어놓았던 푸른 액자 속 얼굴을.

"아, 진짜 배부르다."

고유가 두 손으로 배를 두드렸다. 그동안
먹어본 삼겹살 중에서 세 손가락 안에 드는
삼겹살이라고 했다. 그 정도인가 싶으면서도
그렇다고 하니 그러는 것도 좋겠다 싶어서
나도 한 다섯 손가락 정도라고 대답했다.
우리를 지그시 보던 주인아주머니가 식혜
두 잔을 내왔다. 다음에는 김치찌개도
꼭 먹어보라고, 자기는 찌개에도 좋은
고길 사용한다고, 먹는 거로 장난치는
식당들이랑은 차원이 다르다고 말하며
주인아주머니는 텔레비전 앞 탁자 쪽으로 가
앉았다.

"진짜 오랜만이다."

고유는 살얼음이 동동 뜬 식혜를 단숨에
마셨다.

"뭐가?"

"이렇게 배불리 먹은 거. 진짜 맛있게 먹은 거."

나는 말마다 진짜, 진짜 하는 고유를 보면서 진짜 하고 싶던 말을 속으로 되뇌었다.

아까 내가 웃은 건, 형태 스타일이라서가 아니라 그게 형태 같아서야. 서랍이 많아서, 서랍 하나를 열면 다른 서랍도 열어야 할까 봐 어느 서랍도 열지 않으려는 게 바로 형태라고.

식당 밖으로 나오자 어느새 저녁 어스름이 깔리고 있었다. 주말이라 그런지 외박을 나와 삼삼오오 무리 지어 다니는 군인들이 자주 눈에 띄었다. 덕분에 썰렁했던 읍내에 활력이 돌았다. 듣던 대로 군인들의 동네가 맞긴 맞네, 하며 고유는 카메라 셔터를 연신 눌러댔다. 저런 걸 찍어서 뭐 하나, 저게 영화가 되는 건가, 소소하다, 소소해. 저기,

사람 없는 골목으로 좀 가자. 고유가 멍하니
선 내게 말했다.

"담배 안 피워?"

"어? 어."

"보기보단 꽤나 범생. 아니 자퇴하고
일한다고 했으니까 범사회인이라고 해야
하나."

고유가 장난기 어린 표정을 지어 보이며
백팩 앞주머니에서 담배와 라이터를 꺼냈다.
담배를 입에 물고 불을 붙이며 짧게 빤 후에
연기를 내뱉었고 다시 길게 한 모금을 빨았다.

"처음은 짧게 다음은 길게. 이래야
맛있거든."

고유가 한 손으로 긴 생머리를 넘겼다.
가려져 있던 얼굴의 옆선이 드러나자 뺨
한쪽에 총총 박힌 작은 점 두 개가 선명히
보였다. 하나가 지워졌네. 형태의 얼굴에 있던

점 세 개를 버무다 삼각지대라고 불렀었는데. 나는 형태의 얼굴을 고유의 얼굴에 겹쳐놓고 찬찬히 뜯어봤다. 고유가 자연스럽게 연기를 삼켰다 뱉었다. 무척 멋져 보였다. 여기 사는 사람처럼 보이지 않아서였다. 멋지면 다 오빠, 다 언니. 속삭이면서 나는 화이트 노이즈의 노래를 흥얼거렸다.

"꿰쏭이네?"

"이 노래 알아?"

"화이트 노이즈 노래잖아."

"어떻게 알아? 이런 노래를."

"좋아하는 노랜데."

"이걸?"

"응, 그걸. 너도 좋아해서 흥얼거린 거 아냐?"

"아니 나는, 나도 모르게 그냥, 입에 붙어서."

"그게 좋아하는 거지. 입에 붙는 거. 음식이든, 노래든. 싫으면 붙냐, 좋으니까 붙지."

"……."

"붙어 있으면 더 좋아지고."

"……그래서 너랑 형태는……."

"어?"

"아니, 형태도 담배 피우냐고."

나는 궁금하지도 않은 걸 물었고, 안 피워. 대답을 바란 건 아닌데, 고유가 답했다.

"안 피우는구나."

"형태는 전담."

"아……."

확신의 TMI. 내가 그런 생각을 하는데,

"근데, 너 왜 형태한테 연락 한 번도 안 했어?"

고유가 진지한 얼굴로 나를 봤다.

"어?"

나도 고유를 똑바로 바라봤다.

"형태가 그러던데. 네가 한 번도 연락을 안 해서······."

"뭐야! 자기도 안 해놓고. 그리고 우리가 그 정도로 친하진 않았는데. 엄마들은 몰라도."

나는 고유의 얘기가 채 끝나기도 전에 말을 가로챘다. 이렇게까지 발끈할 건 아닌데. 낯이 뜨거워서 고개를 푹 숙였다.

"친했는지, 안 친했는지는 모르겠고. 서로 좋았다던데. 아니야?"

나는 아니야, 하고 대답하려다 그렇게 말해버리면 정말 영영 아닌 게 되어버릴 것 같아서 대답하지 못하고, 아닌가, 그랬나, 생각하면서, 다 피웠어? 고유에게 물었다. 고유는 고갤 끄덕끄덕하며 담뱃불을 바닥에

털고 꽁초를 휴대용 재떨이에 넣었다. 무슨 뜻일까. 서로 좋아한 것도 아니고 서로 좋았다는 건. 고유에게 묻고 싶던 걸 묻고 싶었다. 그래서 너랑 형태는 서로 좋은 거냐고. 서로 좋아하는 거냐고.

"저기 가서 한번 서볼래?"

고유가 카메라를 매만졌다.

"어?"

"사진 찍어줄게. 저기 가서 서보라고."

"갑자기?"

"결정적인 순간은 원래 갑자기 찾아오는 거야."

나는 고유가 어, 거기, 거기, 라고 말하는 자리에 섰다. 정적이 흘렀다. 나와 고유 둘만이 서로를 마주하고 있는 것 같았다. 불현듯 사람의 뒷모습만 찍는 꼬마가 나오는 영화 보면서 형태가 했던 말이 생각났다.

왜 사람들은 사진 찍을 때 계속 웃어보라고
하는 걸까? 맨날, 저기 서서 웃어봐 그러잖아.
나는 잠결에 답했더랬다. 저기 서서 울어봐,
그럼 이상하잖아. 지금 이 순간 그 대화가
왜 기억나는 건지. 형태의 우는 얼굴을 본
적이 없었다. 그게 이제 와 마음 쓰였다. 내가
웃어야 할지, 울어야 할지 주저주저하는
사이 고유가 됐어, 그만 가자. 소리쳤다.
잠깐 정지됐던 화면이 다시 움직이는 것처럼
주위의 소리가 왁자하게 다시 들려왔다.

"찍는 줄도 몰랐네."

"안 찍었는데."

"뭐?"

"안 찍었다고. 그냥 뷰파인더에
담아보기만 한 거야."

"응? 왜?"

"어차피 형태가 올 거니까. 나보다 형태가

너를 더 찍고 싶어 하니까. 그냥 궁금했어. 형태의 뷰파인더에 네가 어떻게 담길지."

우리는 어디로 가야 할지 방향을 정하지 않은 채 조금 더 걸었다. 오기로 한 사람은 오게 되어 있다고 믿으면서. 시장 안 곳곳에 점포 임대 현수막이 걸려 있었다. 평소에는 그냥 보고 지나치던 것들이었는데 고유와 함께 있으니 그런 게 다시 보였다. 그러고 보니 요 몇 년 동안 시장 규모는 계속 작아지고 있었다. 군 사단 하나가 빠져나가면서 시장 상인들의 걱정이 이만저만이 아니라고 했다. 군인 장사로 먹고사는 동네인데 군인들이 계속 줄어서 큰일이라고, 내가 말하자 고유는 그렇구나, 그렇겠네, 하며 요즘 다 사는 게 어렵다고, 점점 더 어려워지는 것 같다고, 이게 다 대통령을 잘못 뽑아서 그런 거라고, 퍽

어른스러운 말을 심드렁하게 내뱉었다. 텅 빈
상가 여러 곳을 카메라에 담았다.

"사진은 언제부터 찍었어?"

"형태 만나고부터."

"아⋯⋯."

"나랑 형태랑 같은 학원에 다녔는데, 고1
가을인가, 형태가 포토 무비라는 걸 만들 건데
같이하자고 해서. 내가 또 한 사진 하거든."

"그렇구나, 이번에는 뭘 만드는 건데?"

"기억하고 싶은 것."

"기억하고 싶은 것?"

"응. 언제까지나 기억하고 싶은 것."

언제까지나 기억하고 싶은, 나는 고유의
말을 나직이 따라 했다. 따라 했을 뿐인데
반짝이는 게 아니라 두고두고 기억하고 싶은
것들이 차례로 떠올랐다. 돌려주지 못한
체육복과 유성 매직으로 썼던 휴업 문구,

별 모양 펜던트, 두부강된장을 맛있게 먹던
친구의 얼굴, 놀이공원 호숫가 벤치 그리고
잠든 형태의 볼을 몰래 손으로 쓸어내렸던
새벽, 세 개의 신비로운 점들, 해변에서
들었던 고백······.

간지러웠는데 좋았어.

나는 자연스레 양손 엄지와 검지로
네모를 만들어 그 안에 고유를 담아보았다.
고유는 마치 오래전부터 이곳에 살던
사람처럼 시장 이곳저곳을 성큼성큼 누볐다.
그게 전혀 이상하지 않았다. 형태의 뷰파인더
안에서 고유는 이런 모습이겠구나. 나는
아무 말 없이, 언제까지나 기억하고 싶은 걸
촬영하는 듯이 가만히 고유를 뒤따랐다.

"돌아왔다."

시장이 끝나고 다시 대로변이었다. 고유는
걸음을 멈추고 어딘가 먼 곳을 잠시 응시했다.

"돌아왔네."

고유의 백팩에 매달린 분홍색 돌고래가
새삼 눈에 들었다. 귀엽고 예쁘고 생기가
느껴졌다. 고유가 움직일 때마다 돌고래는
바다를 경쾌하게 유영하는 것처럼 흔들렸다.

"돌고래 좋아해?"

내가 물었다.

"얘 이름은 에코. 내 수호 동물이야."

고유가 자신과 같은 처지에 있는 사람을
지켜주는 일종의 반려 천사, 라고 말을
덧붙였다. 나는 너와 같은 처지에 있는 사람이
어떤 사람이냐고 묻지 못했고, 고유는 자신의
꿈이 서핑하는 환경 운동가라고 얘기했다.

"'Take 3 for the Sea'라는 운동이 있는데,
서핑하고 버려진 플라스틱을 최소 세 개 이상
주워서 나오자는 운동이야. 나도 그런 해양
정화 활동을 다양하게 하는 회사를 차리고

싶어. 이름은 에코. 에코의 마스코트가 바로
이 분홍 돌고래지."

나는 고유에게, 라는 문구가 적혀 있던
사진을 떠올렸다. 나를 대신해서 누군가가
나의 꿈을 기억해준다는 건 어떤 의미일까?
엄마들과 친구들과 연인들의 꿈을, 우리의
꿈을 생각했다. 메아리가 울려 퍼지듯이.
그것은 혼자가 아니라 더불어 꾸는 꿈이었다.

"걸으니까 좋다. 계속 기억날 것 같아.
다시 여기 못 오더라도. 두고두고."

고유가 말했고 나는 또 오면 되지, 라는 말
대신에 그 말에 수긍하며 두 손바닥을 서너 번
맞부딪쳤다.

시외버스 터미널이 다시 눈앞에 보일
때쯤 숙희 아줌마랑 방금 출발했다며 엄마가
메시지를 보내왔다.

—형태는 만났어?

어차피 만날 거니까, 곧 일어날 일이니까,

—어, 만났어.

나는 엄마에게 진실로 답장했다.

그사이 고유는 〈중앙문방구〉 앞 가챠 머신 앞에 쭈그려 앉아 있었다. 내게 손짓했다. 별걸 다 하네. 생각하면서도 나는 고유 옆에 착 붙어 앉았다. 언젠가 형태와 그랬던 것처럼. 그리고 캡슐 안에 무엇이 들어 있는지는 늘 궁금하니까. 고유가 한 번 돌려 하나를 뽑고, 내가 한 번 돌려 하나를 뽑는데 어디선가 찰칵, 하는 소리가 들려왔다. 학생들의 청량한 웃음이 저녁의 바람을 타고 울려 퍼졌다.

"시시하겠지?"

고유가 캡슐을 매만지며 물었고,

"시시할걸."

나는 대답했다.

그렇지만 우리는 그걸 손에 쥐고 움직이기로 했다. 아직 빛이 남아 있을 때, 다리가 놓인 곳까지. 천천히. 형태가 오는 중이니까. 누군가가 돌아왔다가 떠나는 눈부신 여름은 너무 빠르게 지나가니까.

동서미용실, 문숙이네 왕만두, 세화안경원, 나이키의 간판 불은 이미 켜져 있었다. 방금 누군가가 무사히 빠져나온 골목에도 빨갛고 노랗고 푸른 빛이 번졌다.

나는 두 눈으로 사람의 형태만은 아닌 것 같은 고유의 그림자를 찍었다.

작가의 말

정원 작가님께.

어제저녁 작가님과 나란히 앉아 오붓이 술잔을 기울이며 나눈 얘기가 오늘까지도 제 마음에 남아 있습니다.

시간이 지났는데도 마음에 남는 이야기…….

얼마 전 무지개다리를 건너간 크림이,

크림이 얘기만 하면 느닷없이 눈물이 난다며
작가님은 울었습니다. 그 모습이 맑았다고
해도 될지 모르겠지만, 제겐 맑게 보였습니다.
휴지로 눈가를 훔치는 작가님을 보면서 새삼
슬픔이라는 정물의 쓸모를 깨달았습니다.

슬픔은 그 자체로 움직이지 않죠. 슬픔은
꼭 누군가, 무엇인가 때문에 움직입니다.
기쁨이라는 정물도 그러하지요.

크림이가 심장병을 앓아서 이곳저곳
데리고 다니지 못한 게 미안했다며
크림이 사진을 들고 제주도에 다녀왔다는,
크림이에게 푸른 바다와 새하얀 구름과
반짝이는 모래알을 보여줘서 행복했다는
작가님의 얘기를 통해 저는 다시 한번 영혼의
존재를 믿게 되었습니다. 기쁨의 권능을

재확인했습니다. 더는 움직일 수 없는 것을 움직이도록 하는.

　작가님이 그림을 그릴 때면 항상 책상 발치에 와 엎드려 있었다는 크림이. 그런 크림이가 한날 홀로그램의 형상으로 작가님 꿈에 나왔는데 촉감이 느껴져서, 그게 좋아서, 그 꿈을 거듭거듭 꿀 수만 있다면, 크림이가 여기 없다 해도, 그렇다 해도…… 좋을 것 같다는 작가님께 저는 말했습니다. 크림이가 빛의 입자가 되어 크림이를 알고, 아끼는 이들의 삶 여기저기에 머물러 있다고 생각하면 좋을 것 같다고.

　그렇게 살아 있는 것이 아니라 그리하여 존재한다고.

작가님, 저는 뒤늦은 답장을 늘 이런 말로
시작하는 것 같습니다.

"기억하나요?"

기억하는 삶.
저는 그것을 뒤늦은 답장이라 부르고
싶습니다.

집으로 가는 길에 외롭지 않길 바란다며
제가 '촉감'을 보낸다고 메시지를 띄우자,
작가님께선 이런 답장을 보내왔습니다.

"꼭 껴안고 갈게요."

오늘까지도 그 말이 제 마음에 고유한
형태로 남아 있습니다.

2023년 겨울

김현

- 38

고유한 형태

초판 1쇄 인쇄 2023년 11월 24일
초판 1쇄 발행 2023년 12월 13일

지은이 김현
펴낸이 이승현

출판2 본부장 박태근
스토리 독자 팀장 김소연
편집 곽선희 김해지 이은정 조은혜
디자인 이세호

펴낸곳 ㈜위즈덤하우스   **출판등록** 2000년 5월 23일 제13-1071호
주소 서울특별시 마포구 양화로 19 합정오피스빌딩 17층
전화 02) 2179-5600   **홈페이지** www.wisdomhouse.co.kr

ISBN 979-11-6812-739-5 04810
        979-11-6812-700-5 (세트)

값 13,000원

한 조각의 문학, 위픽 (wefic)